Frédéric, enfant du Moyen Âge

W0240537

Piccolia

SOMMAIRE

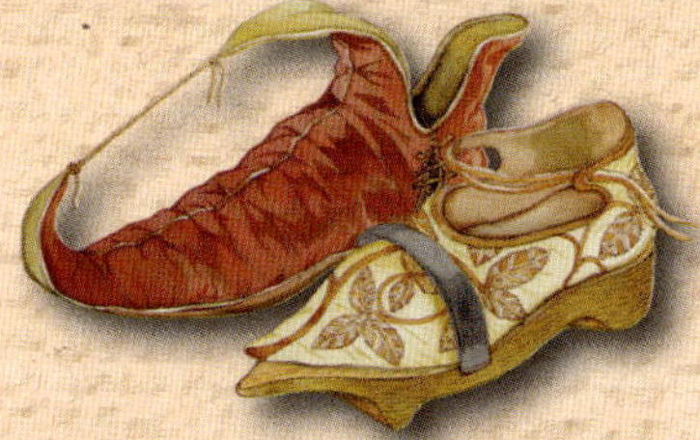

NOUS VOICI AU MOYEN ÂGE !

On appelle Moyen Âge la longue période allant de la chute de l'Empire romain d'Occident (en 476) à la découverte de l'Amérique, en 1492. Les premiers siècles furent très difficiles, avec des invasions barbares fréquentes qui entraînèrent le déclin et le dépeuplement des villes. Pour se défendre des ennemis et protéger leurs biens, les seigneurs ont construit des châteaux... et des villages se sont formés tout autour. Dans ce livre, nous découvrirons comment on vivait à l'époque de Frédéric, jeune aspirant chevalier.

Les premiers châteaux étaient de simples tours en bois construites au sommet d'une colline, appelée « motte ». Un petit village composé de huttes se formait sur le terre-plein, et était entouré d'une palissade. Plus tard, ces premiers châteaux laissèrent la place à des grosses bâtisses en pierre, entourées de hautes murailles.

Dans toute l'Europe médiévale, des châteaux et forteresses en tout genre sont construits...

Frédéric est un jeune écuyer au service d'un célèbre homme d'armes. Il s'entraîne au combat en montrant courage et loyauté envers son seigneur. Quand il sera prêt pour la bataille, il deviendra lui aussi un chevalier.

ÊTRE CHEVALIER

Avant de partir sur le champ de bataille, le chevalier doit mettre sa lourde armure pour le protéger des coups ennemis. Pour pouvoir plier les genoux et les bras, l'armure se compose de différentes parties articulées, attachées par des crochets et des sangles en cuir.

Chaque armure est faite sur mesure par un forgeron. L'armure est très lourde, elle peut peser plus de vingt kilos. Le chevalier a besoin d'aide pour se hisser sur son cheval ! Ce dernier – appelé destrier – est recouvert d'un harnais de cuir rembourré, renforcé avec des plaques métalliques.

Frédéric est écuyer : son rôle principal est d'entretenir les armes de son seigneur et de prendre soin de ses chevaux. Chaque chevalier en possède au moins trois : le destrier, le palefroi et le roncin. Robuste et courageux, le destrier est chevauché pendant les batailles. Le palefroi est un cheval rapide, utilisé dans les tournois ou la chasse. Le roncin est la monture la moins noble, dont le chevalier se sert pour ses déplacements courants.

LE BANQUET

Lors des périodes de paix, le seigneur aime recevoir des invités pour lesquels il organise de somptueux banquets. Le maître de maison siège au centre de la table, son épouse à ses côtés. Les hôtes de haut rang occupent les places près du seigneur et les moins importants sont assis plus à l'écart.

Pendant le banquet, les invités sont divertis par des saltimbanques et des musiciens, tout en savourant leur repas.

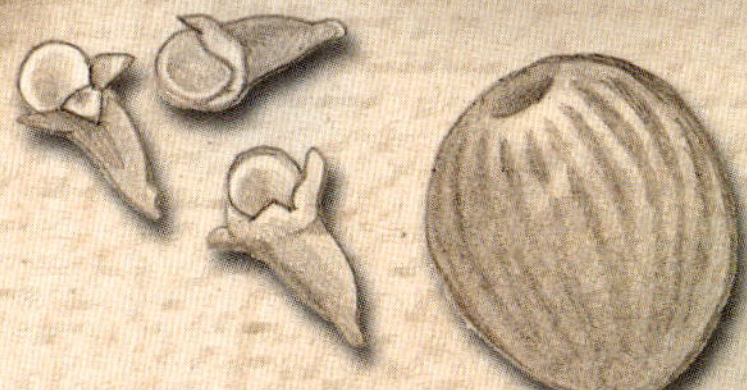

Au Moyen Âge, on n'utilise pas de fourchettes : on se sert dans les plats avec les mains ! C'est pourquoi les viandes sont coupées en petits morceaux avant d'être servies à table.

Pour l'occasion, Frédéric aide les domestiques : il apporte les plats.

Le menu du banquet prévoit de nombreux plats. Ainsi, le seigneur montre sa générosité et sa richesse ! Les plats principaux sont à base de viande (gibier, porc, bœuf...) et de poissons, accompagnés de sauces et de pain. Puis, on sert le fromage et les desserts. Le vin est allongé avec de l'eau et aromatisé avant d'être porté à table.

LE CHÂTEAU

Le château est la demeure où vit le seigneur avec sa famille, ses domestiques et les soldats de garnison. De ce lieu fortifié, le châtelain gouverne sur ses terres environnantes, rend la justice et contrôle le travail des paysans.

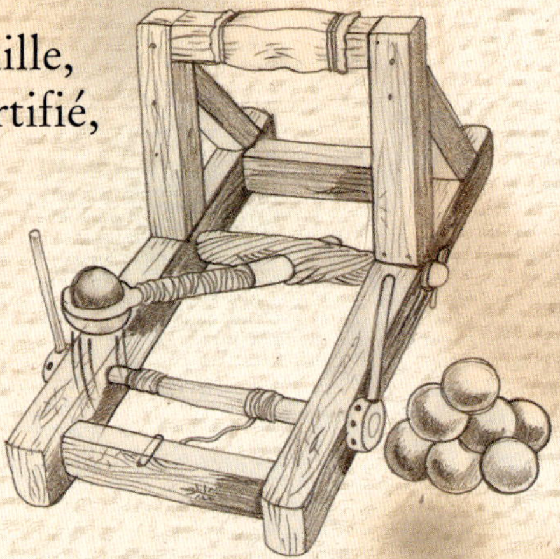

La fauconnerie est un des passe-temps préférés du seigneur. Lors d'une partie de chasse, Frédéric tient le faucon posé sur son avant-bras ; quand il voit un petit gibier, il retire le capuchon couvrant la tête du rapace qui s'envole pour s'en emparer.

Les appartements du seigneur se trouvent dans le donjon central, la partie la plus protégée du château. La famille occupe les pièces des étages supérieurs alors que plus bas, sont situés les cuisines et les salons où les hôtes sont reçus.

En période de guerre, le château devient une véritable forteresse. Pendant que les sentinelles surveillent du haut des tours, le pont-levis est levé. Les archers lancent des flèches par les meurtrières pendant que d'autres soldats défendent les murs en se protégeant derrière les créneaux.

LE TOURNOI

Aujourd'hui c'est le grand jour : un tournoi est organisé ! De nombreux chevaliers sont arrivés de très loin pour participer à la joute. C'est l'occasion idéale pour eux de montrer leur valeur et leur courage. Naturellement, le vainqueur gagnera une récompense de grande valeur : arme, vêtements coûteux, destrier, pièce d'orfèvrerie... En plus, il recevra les faveurs des riches seigneurs.

Même si le chevalier est bien protégé par son armure, la joute est un combat extrêmement dangereux. Les deux concurrents se lancent l'un vers l'autre, une longue lance à la main. Le but est de faire tomber de selle l'adversaire pour gagner le combat.

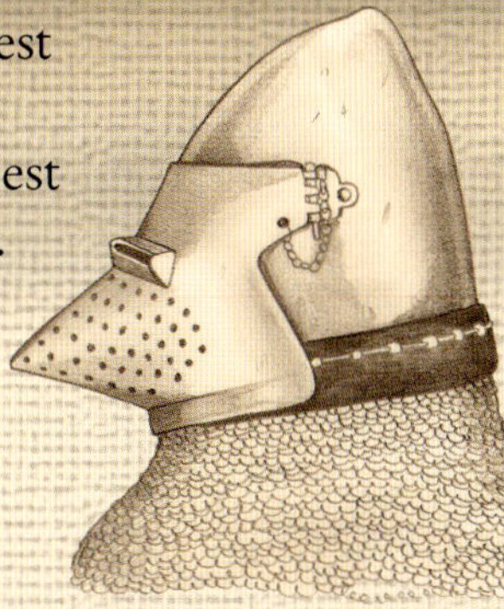

Avant que le tournoi ne commence, chaque dame choisit un chevalier auquel elle confie un foulard afin qu'il combatte pour elle.

FILER ET TISSER

On file la laine avec un rouet.

Les étoffes utilisées pour les vêtements sont élaborées au métier à tisser. Les modèles les plus anciens de ces machines sont verticaux. Mais vers le XIIe siècle, on en trouve des horizontaux, permettant à la tisserande d'être plus rapide dans son travail. Avant d'être portés, les morceaux de tissus sont teints par des artisans.

Selon le rang et la fonction qu'on occupe, on ne s'habille pas de la même façon. Les paysans ou les moins riches se contentent de tissus rêches et peu chers. Quant aux seigneurs et leurs dames, ils sont vêtus avec grande élégance : lors des apparitions publiques, ils portent des habits luxueux, faits de laine fine et de lourds brocarts. Les bijoux sont très appréciés par les dames mais également par les chevaliers, tels les bagues ou les colliers en or ornés de pierres précieuses.

Les chaussures sont en cuir souple et peuvent avoir des formes très extravagantes. Par exemple, celles à bouts pointus sont si longues qu'elles sont parfois tenues à la pointe par une chaînette. Les coiffures varient en fonction de la mode du moment et sont souvent très soignées. Certaines sont parfois si imposantes que les dames qui les portent doivent se pencher pour passer les portes !

UN JOUR À LA CAMPAGNE

La vie de paysan est très difficile. La journée de travail commence au lever du Soleil et se termine à la tombée de la nuit. Il faut labourer les champs, semer le blé ou l'avoine et soigner les animaux.

Cette charrue montée sur des roues est équipée d'une lame, appelée soc, qui forme les sillons dans la terre.

Assis sur une pierre, Frédéric observe les paysans. Ils partagent leur terrain agricole en trois parties : dans l'une d'elles, ils sèment du blé et du seigle avant l'hiver. Dès le printemps, on sèmera de l'orge et de l'avoine dans la deuxième, et la troisième partie est laissée au repos pendant un an.

Les chevaux ont peu à peu remplacé les bœufs dans les champs. Ils sont attachés à la charrue avec un nouveau type de joug : rigide, il est plus confortable pour l'animal.

Les villages des paysans qui cultivent les terres du seigneur sont un peu partout autour du château.

LA VIE AU CHÂTEAU

Dans le château, les salles où vit le seigneur sont assez confortables. Presque toutes disposent d'une cheminée pour se chauffer l'hiver ; elles sont meublées d'objets sculptés et raffinés. Les murs sont décorés de tapisseries et de boiseries alors que les sols sont recouverts d'épais tapis.

Le seigneur s'assied sur une chaise à dossier alors que les hôtes peu importants doivent se contenter de tabourets ou de bancs !

Le lit seigneurial est surmonté d'un baldaquin auquel sont suspendues de lourdes draperies. L'hiver, ces draperies sont tirées pour dormir protégé des courants d'air froids.

Pendant les absences de son mari, la châtelaine garde les clés des coffres-forts. C'est elle qui donne les ordres aux domestiques, prenant ainsi soin de la bonne marche du château.

Les bijoux, l'argenterie et autres objets de valeur sont gardés dans des coffres-forts, que l'on ouvre uniquement pour les grandes occasions.

Les vêtements et le linge sont conservés dans des caisses en bois. Certaines sont richement sculptées et peintes avec soin.

Les fenêtres du château sont protégées par de lourds volets en bois. Seules les pièces les plus importantes ont des vitres pour faire passer la lumière.

FÊTES, JEUX ET DIVERTISSEMENTS

Aujourd'hui, une grande cérémonie est prévue au château : de nouveaux chevaliers vont être adoubés. Dès qu'ils auront reçu l'épée, le heaume et la cape de leur seigneur, les festivités pourront commencer. Un tournoi est organisé pour l'occasion auquel participeront des hommes d'armes venus de très loin.

Une fois le tournoi terminé, les hôtes du seigneur se réunissent dans le grand salon. Le son de la musique marque le début des danses avec les dames et les chevaliers qui honorent le vainqueur.

Le seigneur du château reçoit la visite de trouvères et de ménestrels. En échange ces musiciens chantent les exploits héroïques de chevaliers légendaires.

Dans la cour du château, des joueurs s'adonnent à la soule : c'est un jeu très populaire à l'époque médiévale : deux équipes armées de crosses s'affrontent pour prendre la balle au camp adverse. Presque tous les coups sont permis, c'est pourquoi certains joueurs peuvent être blessés, parfois gravement !

GLOSSAIRE

adverse – opposé.
agricole – lié à l'agriculture, c'est-à-dire au travail de la terre et à l'élevage des animaux.
archer – un homme qui tire des flèches à l'aide d'un arc.
argenterie – la vaisselle et les couverts fabriqués en argent. Ce sont donc des objets qui coûtent cher.
aromatisé – parfumé, épicé, par exemple un plat.
articulé – qui peut bouger.
aspirant – un apprenti, un candidat.
avoine – des céréales qui servent, par exemple, à nourrir les chevaux.
baldaquin – une sorte de toit au-dessus d'un lit. On parle alors d'un lit à baldaquin.
banquet – un grand repas de fête, festin.
boiseries – des pièces en bois qui couvrent les murs d'une chambre, souvent pour la décorer.
brocart – un tissu en soie, rare et coûteux, décoré avec des fils en or ou en argent.
chaînette – une petite chaîne.
charrue – une machine utilisée pour labourer la terre grâce à une lame pointue, appelée le soc.
châtelain – le seigneur qui possède un château.
châtelaine – la femme du châtelain.
coffre-fort – une armoire fermée à clé où l'on dépose des documents et des objets de valeur.
concurrent – un rival, un adversaire.
créneaux – la finition des murs d'un château fort en forme de dents. Ils protégeaient les soldats en cas d'attaque.
cultiver – travailler la terre pour faire pousser des plantes qui serviront à nourrir les hommes et les animaux.
déclin – le fait de devenir de plus en plus faible.
demeure – une grande maison.
dépeuplement – le fait qu'il y ait de moins en moins d'habitants dans un endroit.
destrier – un cheval de guerre.
disposer de quelque chose – avoir, posséder.
domestique – une personne qui travaille au service d'un seigneur et qui s'occupe de toutes les tâches ménagères et des repas.
donjon – la tour la plus grande d'un château.
draperies – des tissus formant des plis qui décorent un lit, une fenêtre ou un mur.
écuyer – un jeune homme, souvent noble, au service d'un chevalier.
empire romain d'Occident – la partie située à l'ouest de l'immense territoire sous les ordres de Rome, à l'époque de l'Antiquité.
étoffe – un tissu.
exploit – quelque chose qui a été fait avec beaucoup de courage.
extravagant – bizarre, étrange.
fauconnerie – la chasse durant laquelle on utilise des oiseaux de proie, comme les faucons.
forgeron – la personne qui travaille les métaux. Le métal est chauffé à une très forte température, puis façonné afin de fabriquer différents objets.
fortifié – bien protégé, muni de constructions de défense, par exemple, tours, murs, meurtrières...
garnison – un groupe de soldats qui reste dans un endroit afin de le protéger.
gibier – les animaux sauvages que l'on chasse afin de les manger.
harnais – l'équipement d'un cheval. Toutes les pièces que l'on met sur un cheval afin de monter dessus ou de le faire travailler.

heaume – un casque en métal d'un chevalier qui protégeait sa tête pendant un combat.
héroïque – très courageux.
homme d'armes – un soldat.
honorer – rendre hommage à quelqu'un, lui montrer son admiration.
horizontal – qui va de gauche à droite et l'inverse.
hôtes de haut rang – des invités très importants.
invasions barbares – des peuples, qui sont arrivés sur le territoire de l'Empire romain, provoquant sa chute.
joug – une pièce que l'on met sur la tête d'un bœuf ou d'un cheval afin de le faire travailler.
joute – un combat entre deux chevaliers équipés d'une lance.
labourer – travailler la terre, la retourner avec un outil pour ensuite pouvoir semer ou planter dedans.
lance – une arme très longue terminée par une pointe en fer.
maître de maison – le chef qui prend des décisions dans une maison.
ménestrel – un musicien et poète qui racontait des histoires au Moyen Âge.
meurtrières – des trous dans un mur qui permettaient de tirer tout en restant protégé.
monture – un cheval sur lequel on monte pour se déplacer.
orfèvrerie – le travail fait sur les métaux précieux, comme l'or et l'argent, servant à fabriquer des objets de valeur.
orge – des céréales utilisées, par exemple, pour nourrir des animaux ou fabriquer de la bière.
palefroi – un cheval pour les voyages.
palissade – une clôture autour d'un bâtiment ou d'un lieu.
passe-temps – les choses que l'on fait pour s'amuser ou se détendre.
pierres précieuses – des pierres rares qui ont de la valeur, comme les rubis, les diamants, les saphirs...
pont-levis – le pont entre le château fort et l'extérieur que l'on pouvait soulever afin de couper ce passage.
publique (apparition) – devant tout le monde.
raffiné – très élégant.
rang – un groupe de personnes qui ont plus ou moins de pouvoir ou qui n'en ont pas du tout.
rapace – un oiseau avec un bec crochu et des griffes qui chasse d'autres animaux.
rêche – qui n'est pas lisse ou doux au toucher, rugueux.
roncin – un cheval robuste et peu coûteux.
rouet – une machine avec une grande roue, utilisée pour filer de la laine, du chanvre ou du lin.
saltimbanque – une personne qui fait des acrobaties devant un public.
seigle – des céréales utilisées, par exemple, pour faire du pain.
seigneurial – qui appartenait au seigneur.
sentinelles – des gardes qui surveillaient le château.
supérieur – plus haut.
teindre – colorer.
terre-plein – un terrain plat.
tisserande – la personne qui fabrique des tissus.
trouvère – un poète et musicien qui divertissait les seigneurs.
vertical – qui va de haut en bas et l'inverse.

INDEX